화려한 나들이

박효찬 시집

우리동네사람들

차례

2부 기다림의 봄은

차례

3부 자연의 이치

4부 열정

序文

박효석(시인)

박효찬 시인이 두 번째 시집을 들고 화려한 나들이에 나섰다.
그동안 살아온 질곡의 삶이 어쩌면 화려한 나들이인지도 모른다는 시인의 역설적인 독백이 한 편으론 가슴을 아리게 하면서도 또 한 편으론 역시 시인일 수뿐이 없다고 하는 생각을 하게 되는 것은 박효찬 시인이 살아오며 겪어야 했던 모든 과정이 시가 되어 화려한 나들이를 하고 있기 때문일 것이다.
그동안 살아오면서 말할 수 없는 시련의 세월이 있었음에도 박효찬 시인의 삶의 치유는 시이기에 그녀의 이번 시집을 마주하다 보면 그녀의 화려한 나들이에 나도 모르게 동행하게 된다.
결혼하고, 이혼하고 정작 내 자식은 키우지 못하면서 남의 자식을 키워야 하는 엄청난 삶을 살아오면서도 이제 시 한 수 읊는 신선보다 부러울 게 없다는 박효찬 시인의 화려한 나들이는 어쩌면 그녀가 수많은 고난을 겪었기에 그녀만이 통달한 지혜일는지도 모른다.

공원 정자에 앉아 바라보는 하늘, 신선이 된다 스르르
감기는 눈조차도 한가로이 보이는 허세가 저 새순이 파
릇한 나뭇잎에 앉아 노는 바람보다 여기저기 빨갛게 핀
철쭉 사이 들풀조차 화려하니 바람이 불어와 내 열정을
훔치려고 흔들어 대는 모습도 시 한수 읊은 신선보다
못하다 저기 저 아저씨 악기 들고 오시더니 화려한 날
의 축제를 연다

(화려한 나들이 전문)

이번 시집을 살펴보면 글 하나하나마다 그녀의 사연이 있고 그녀가 살아 온 흔적들로 점철되어 있는데 곁에 있는 자식과 멀리 있는 자식을 통하여 한 번도 마음을 드러내놓고 표현해보지 못한 아픔이라든가 6 · 25 사변으로 인해 고향과 가족을 잃어버린 아버지, 그리고 4 · 3사건을 겪고 자란 엄마와 그녀의 어린 시절을 통하여 듣고 자란 두 사건의 비극 등 그냥 생각나는 대로 쓴 글이 아니라 살아오면서 그녀에게 영향을 주었거나 마음이 아플 때 쓴 그녀가 역설적으로 말하는 화려한 나들이 같은 화려한 일기장이라는 것을 눈치채게 된다.

그래도 넌 곱구나
빨강, 노랑, 흐리지도 않고 선명하게
콘크리트 벽과 어우러져 가을이란 계절이

하늘은 더 높게 파란빛을 내려주고
바람은 멈춰 서서 기다려주니

곱다, 뽐낼 수 있어
어둠 속에서도 바라지 않는
그 빛깔이
가을비에 쌓이는 낙엽이라도 좋다

(단풍, 그를 닮고 싶다 중에서)

이제 그녀가 나머지 여생을 어둠 속에서도 빛깔이 바래지 않고 콘크리트 벽과도 곱게 어울릴 수 있는 단풍처럼 되고 싶다는 희망처럼 그녀의 시가 고난으로 인하여 황폐해진 사람들의 마음을 다독이는 위안을 줄 수 있으리라 선뜻 믿음이 가는 것은 그녀의 시 한 편 한 편이 그녀의 시를 읽는 독자로 하여금 마음 깊숙이 심금을 울리게 하고 있기 때문일 것이다.

일반적으로 살아온 과정을 표현하다 보면 진부하기 짝이 없는 것을 종종 보게 되는데 박효찬 시인의 시는 시적 사유가 형상화되어 박효찬 시인만의 개인의 삶이 아니라 모든 여성의 삶으로 승화되었다는 점에서 박효찬 시인의 시인으로서의 앞날이 계속 화려한 나들이를 할 것이라 믿어 의심치 않는다.

2016년 10월

1부 밤하늘

밤하늘

하늘의 별이 떨어졌다고
사람들이 웅성거린다
너도나도 국화 한 송이
별의 영전에 놓으며
꾸벅 절을 한다

흔들리는 아침의 정적을 깨고
볼거리를 제공하듯
여기저기 쏟아져 나오는 인파들
한마디씩 흘리는 말에 의해
별이 떨어졌다고 하는 사람
달이 뜨고 있다고 하는 사람
그래서 밤하늘은 깜깜한 것인가

밤하늘에 살아가는 우리는
태양을 기다리는 이 밤이 길어
잠이 들어버리고 있다
별이 뜨고 달이 지는지도 모르고.

잃어버린 시

찻길엔 버스가 다니고 쓰레기차는 골목길에서 허물을 줍는다 노동자는 새벽길을 닦으며 폐지를 줍는 할머니 손수레가 새벽을 밝힌다 돋보기를 쓰고 컴퓨터 자판을 두들기다 고개 든 담배 연기에 현관으로 들어선 햇살이 잠들지 못한 죄인처럼 쪼그리고 앉은 여자를 나무란다 어두운 그림자를 등짐으로 짊어진 댓가는 빈곤에 찌든 옷자락에 묻은 때를 털어낼 뿐, 그마저 사치인지도 모른다 산고를 치르듯 주섬주섬 주운 낱말이 가치를 논의할 대상이 사라져버린 지금, 책꽂이가 사라지고 핸드폰이란 감성도 지성도 없는 괴물이 머릿속을 온통 사막으로 만들어 달콤하고 감미로운 입맛을 찾는 세상이다 냉엄한 소리에 고루하다고 말하는 여자는 밤새 사라져버린 시어에 애착증세를 보인다 귀천한 천상병시인을 기억하며.

속세의 슬픔

긴 시간을 돌아 떠난 여행길, 들뜬 흥분으로 나선 길, 가랑비와 함께 찾아든 안개구름을 밟고 간다 서리가 낀 유리창을 연방 닦아내며 창문 너머 허수아비를 찾는다 인연도 묘하다. 거품 문 입가에 미소, 대형 관광버스, 여행 목적지가 같은 속리산, 속세의 묻은 때를 목욕하라고 가랑비 내리고 안갯속에 감추어진 신비함으로 도굴꾼에게 법주사의 비밀을 감출 수 있다고 우물정(井)자로 화재를 방지하고 왜곡된 언어 우리 신앙은 토속신앙인 걸, 미륵 부처님에게 입혀진 금덩어리 그래도 금값 비싸지 않을 때 해서 다행이란다 가을 나무는 속세의 때에 찌들어 옷도 제대로 못 입고 낙엽 비가 되어 내리고 정화수 마냥 맑은 냇가는 한 잎 나뭇잎으로 가려지고 돌아서는 마음 달래주는 건 양지에 주렁주렁 달린 감나무뿐이네.

대리운전

해가 지고 불빛이 생기기 시작하면 운전대를 잡는다 만취로 목숨이 위태로운 생명들 실어 나르는 게 직업이다 제정신은 없다 혼돈과 망상으로 가득 찬 횡설수설 떠도는 목숨을 대신 살아준다 불빛에 인상을 찌뿌리며 내 목숨은 대리 목숨에 맡기고 만 원을 받는다 사지가 쑤시고 눈이 아프고 졸려도 달려야 한다 내일 우리 애들 밥값이랑 학비를 주려면 내 목숨 값은 없다 산더미처럼 쌓인 빨랫감이 날 기다릴 뿐이다.

하루살이

소득 없이
저녁놀은 어기적어기적
스며들고
창문 넘어 한숨 소리에
가슴은 방망이질
놀란 토끼 마냥 안절부절
월례 행사로 치러질 세금들
맨손으로 싸워야 할
쩐의 전쟁터
늘 그렇게
정해진 운명처럼
육체와 함께
헤매는 방랑자 마냥
문지방을 들락거린다.

잠복근무 중

숨었다
숨바꼭질이다
머리카락 보일까
치맛자락 보일까 하는 것이 아니다
어둠 속에 빛이 나는 고양이 눈빛이 아니다
지나가는 자동차 불빛에 스치는 찰나의 영상이
먹이를 찾아 밤이슬을 먹는 들고양이
손에 든 빵과 음료는 이 밤을 같이 할 먹잇감
풀어헤친 옷자락 땀 냄새
어젯밤 샤워를 하고 난 뒤 뿌린
향수 내음의 그림자가 보일 뿐
어두운 풀숲
두 남자의 모습은 경찰이었다.

낫 놓고 기억자도 모르는 사람들

1.
우리 집 뒷골목에서
중학생 아이가 담배를 피운다

까까머리에 검은 교복 삐뚤어 쓴 모자
그 시절에는
뒷동산에서 작대기 들고 놀던 그 아이들이
입에서 담배연기를 내뿜고 있다
힐끔거리는 눈길은 반항적인 눈빛으로,

2.
옆집 아이 엄마는
학교 선생보다 학원 선생을 더 신뢰한다
무조건 성적표에 의존하고 돈뭉치를 가져다준다
아이의 의견은 없다
돈이 성적과 비례된다고 생각한다
성적은 곧 인격이 되고 인성교육이 된다

눈 오는 날 비극은 시작 되었다

거무칙칙한 하늘에 눈이 춤을 춘다
가로등 조명을 받으며
왈츠도 뽕짝도 아닌 무작정
바람이 들려주는 곡조에 맞추어
자동차 유리창 너머로 사라진다

흐트러지는 눈은 갈개꾼이기도 하다
앞서 가던 차는 깜빡이 등을 켜 알리고
구무럭거리는 초보 운전수
끊임없이 늘비한 빛이 행렬들
빨간 불빛 노란 불빛
차종에 따라 가지각색의 빛이
녹아내린다
쾅
소리를 내면서.

병상일기 2

찢어지고 꿰매야 환자인가 보다 앵앵거리는 구급 자동
차는 규칙적으로 환자를 생산한다 싸늘한 비닐 침대에
시체가 뉘어지면 녹색 가운을 입은 남자의 손길이 분주
하다 철사 실을 바늘에 꿰어 마름질하기 바쁘다 퉁명스
런 말솜씨에 여자는 허리를 구부리고 쌈짓돈을 양손에
받쳐 들고 연신 허리를 구부린다
그 남자의
입술과 입술 사이 바람 소리가 곧 법이 된다.

백수의 슬픔

가을비가 촉촉이 적신 거리에
낙엽이 슬퍼 보인다

전봇대 구인 광고문은
왜바람에 되롱거리고 비에 젖어 찢기고
도로 한복판
행인들 발자국으로 지워지고 나면
구석진 모퉁이
맨드리가 허름한 남자의 소주병이 보인다

술잔거리도 없는 소주 한 모금의 취기는
옷깃을 헤집고 파고드는데
거무스름한 슬픈 밤거리는
삿대질로 너부러진다

오장육부에서 올라오는 짜릿한 맛은
흥겨운 산소리로 개 짖는 소리로
할 일을 다 했다는 듯
윗옷을 벗어 나뭇가지에 걸고
낡은 구두를 베고 잠을 청한다

늘
그 남자는 그곳에 가면 만날 수 있다.

형촌마을

비가 내린다
잠든 사이 장대비가
우면산 위 진흙탕물이 쓰나미처럼
아기는 곤히 잠들었고
진흙더미의 울부짖는 소리로

늙으면 찾아가리라
몸이 사그라지는 것도 개의치 않으며
찾아든 형촌마을

서랍 속 추억은
흔적도 기억도 진흙으로 채워지고
하늘도 땅도 비가 내린다
엄마는
흙 한 줌 움켜쥘 힘도 남아 있지 않다
진흙에 빠진 아기의 영혼을 건지러
빗물로 목을 축일 뿐

긴 여름밤
악어의 집을 닮은 우리는
퍼내고 퍼내도 마르지 않는 발목이다
닦고 쓸고 추려도 기억은 없다
흠뻑 젖은 걸레의 시름만큼 그 무게로 짓누르며
밤사이,
건너고 또 건너 돌아온 길목엔
아기의 울음소리만이 진동한다

* 2011년 7월 27일 시간당 100mm 넘는 비가 내리며 우면산 산사태가 났다.
형촌마을 주민 16명 사망 아기가 1명 실종 많은 피해를 냈다

회색빛 하늘 아래는

늦은 밤
좁은 도시의 골목길은
낯설음에 고개 들어 둘러보아도
전봇대 사이를 잇는 전선과 하늘
얼기설기 엉켜 머리채를 흔들어 놓은 듯
가늠하지 못하는 불감증이다
조상님들은
소 잃고 외양간 고친다고 소리 질렀고
우리는
무연산 높이만큼의 돈을 버리고
목숨을 잃으면서
자연과 함께 살아가는 것은 촌놈이라며
증시를 논하고
개숫물이 아까운 것처럼
하루를 일회용으로 살아 냇물은 회색빛이다

독산성으로 소풍을 가다

우리 집 방 천장 위에 독산성 나무들과 바람과 풀잎의 이사를 왔다 점심으로 김밥 먹던 돗자리 틈에 붙어 따라왔는지 햇볕이 따가워 찡그린 주름 사이에 꼽사리 꼈는지 눈앞에 아른거린다 지팡이를 짚고 오르던 백제의 숨을 쉬고 있는 돌담 넘어 아득하게 보이는 언덕, 바람이 실어온 내음 코끝에서 끙끙대며 임진왜란 성벽 안 말(馬)들이 쌀로 목욕하던 모습과 저 구름 밑에 소총을 들고 기다리는 일본군도 보았다 조선 군인들에게 항복하고 돌아선 발자국들 쌤통이다 하고 비웃기도 하고 굽어본 하늘가 아랫동네 황구지천의 아름다운 곡선에 넋 놓고 바람도 모자를 벗었다 잃어버린 내 머리카락이 자꾸만 바람이 부른다.

소난지도 의총탑

매서운 바람이 넓은 날갯짓으로 기러기가 겨울바람에 얼어붙은 바닷길을 열어준다 작은 섬은 몇 걸음 걷지 않아도 될 만큼 오솔길이 보인다 나지막한 언덕 길섶 사이 의총 탑이 허름한 들판에 화려하게 보인다 백 명의 열사의 이름은 벽화 뒤로 부끄러운 듯 숨어 조각가의 이름은 대문짝처럼 보인다 잊히고 사라져버린 혼백들 어린 학생의 고사리 손으로 주워 모아 봉하고 곡창을 지키던 목숨의 가치는 갯벌 바닥의 굴 껍데기만큼이나 날카롭다 추모객은 왔다 가는 자국 남기고 싶었는지 무덤가 쓰레기 더미에 바람이 분다 바람이 소리를 지른다 혼백을 부른다 아우성으로 파도는 철퍼덕철퍼덕 바위에 머리를 박는다
아, 서글프도다 서운하도다 서럽도다

6월의 장미

빨간 장미가 담장 너머 늘어진 촉촉한 아침녘
엷은 빛에 감춰진 진실이 밝아온다
국립묘지 영혼의 진혼곡 소리와 함께
아버지의 영혼이
개울가 숲 속에 붉은 장미도 피어났다

60년이란 긴 세월
바라지 않은 혼의 색깔로 가슴에 묻고
내 자식에서 자식으로 남아
천안함의 흔적까지도
서러운 기억으로 되새김 한다

붉은 6월의 잔치들
온통 고함으로 하늘을 놀라게 하고
광화문 네거리엔 붉은 물결로 출렁거린다
동그란 공속에 뭉쳐 한을 풀어내듯
가슴 속 묻어버린 사랑하는 이 그리워
아침 여는 소리에 문밖을 나선다.

노란 꽃송이의 소원

하늘도 땅도 노랗게 물들이며 우리는 두 손을 모운다.
죽음이 아닌 삶을 달라고
그러나 매체들은 죽음을 공표한다

하나하나의 노란색은 하늘색으로 땅색으로
내 마음에는 분노로
아름다웠던 노란색 꽃잎은 떨어지고
오늘도 비는 오고 있다

누구를 탓하리
내가 그러한 걸
책임질 수 없으면 이렇게 말하면 될 걸
기울어져 가는 세상에서
꼼짝하지 마라

육신은 움직이면 살고 있음인 걸
우리는 꼼짝하지 않는 걸 좋아한다
게으름은 이름이 있어 내게 붙어산다
죽음을 알리는 선언인지도 모르고

그저 살아만 있어 달라는 애원은
허공 속으로 사라져 가고
노란 꽃송이는
온 세상에 피어오른다.

* 세월호 사건 2014년 4월 15일 인천항을 출발하여 제주로 가는 여객선이 급류에 침몰한 사건이다. 안산 단원고 2학년 학생들의 수학여행 중이고 일반인 그리고 물류를 옮기고 있던 중 진도 팽목항 앞바다에서 침몰하였다.
21세기 선진국이라 칭하는 우리나라에서 일어난 사건, 아직은 후진국이란 증거를 명백하게 세계에 알리는 사건이 되었다.

봉아름, 하늬바람 맞다

어린 여자아이는 올레 문을 닫는다

울창한 대나무 숲으로 북풍을 막아
마구간 조랑말 한가로이
땡감 나무 주렁주렁 노랗게 익어
초가집 울타리를 감싸주는 하늬바람에

아이는 숨어 작대기로 가나다라를 그리다 이께다 선생
에게 들켜 짚신에 썩은 오줌을 적시어 입에 물고 벌을
선다 입으로 작은 소리로 타카파하를 웅알거리며

지난밤 뭇매로 병신이 된 오빠는 탱자나무가 있는 대장의 집 대문에 서서 낮과 밤사이를 오고 가며 회오리바람에 고개를 숙였다

대나무 숲은 바람 없이 빈 마구간 흔적으로 울고
땡감으로 감물 들여 담벼락에 널어놓은 여자는
올레 문을 열어
땡감나무 손등을 비비며 자꾸만 올레를 바라본다.

* 봉아름 : 제주시 봉개동의 옛 지명

그 해 늦가을은

아버지는 대대로 내려오는 농부였다
무자년 늦은 가을
아버지가 땅을 파기 시작했다
텃밭 웅덩이에 양식과 의복을 묻었다

그리곤
마을과 마을 사이에 있는 *동괴로 식구를 데리고 어스름한 달빛을 따라 동굴을 봉했다 시대적 아픔으로 흔들리는 촛불 같은 자식들의 목숨을 건져내기 위해 토벌대라는 명분으로 무자비한 죽음을 피하기 위해

하룻밤이 지나고
평화가 아닌 공포의 세상을 맞으며 동괴의 입구는 열리고, 공포의 무게를 이기지 못해 달리던 열세 살 어린조카의 발목이 잘렸다 군인은 백성들에게 처형의 고백을 알리고 훈장처럼 발목을 내놓았다
초목도 죽고 꽃들도 울었다

그러나
군인은 울지 않았다
공비도 울지 않았다
불을 내뿜은 총구와 몽둥이가 함께 춤을 추었다
시냇물처럼 널브러진 시체들을 건너다니며

그렇게
봉아름의 그해 늦가을 왕벚나무는 서럽게 울었다.

* 동괴 : 이 자연 동굴은 제주시 서회천에서 약 700m 남쪽에 위치에 있다. 남쪽으로 굴 입구가 크게 뚫어져 있고 동북쪽으로는 한 사람 들어갈 정도의 굴 입구가 있다. 남쪽으로 뚫린 큰 입구는 돌담으로 쌓아서 막았다. 작은 입구를 사용하여 제주 4.3사건 당시 사람들이 이 굴에서 생명을 부지한 곳이기도 하다. 이 작은 굴 입구는 바위틈으로 한 사람 들어갈 수 있는 구멍이 있는데, 그 구멍을 넓은 돌 하나로 덮어 막으면 어느 쪽이 굴 입구인지 사용했던 사람 외에는 아무도 그 굴 입구를 발견하지 못한다. (자료: 제주4.3사건의 기록-고한구씀)

칠오름의 진실은

우리 동창은 칠오름의 집이 없는 데 산다
눈이 쌓인 겨울엔 간장 하나에 밥을 먹어야하고
4월이 되면 붉게 물든 고냉이술 언덕에서 함께 운다
고깔모자를 쓴 칠오름에서
신들의 축제에 지식인을 부르고 역적을 부른다
밤이 되면 먹을 것을 찾아 봉아름으로,
목이 마르면 죽창으로 붉은 동백꽃을 꺾었다
무자년 4월
혈흔도 없이 사라져버린 무수한 사람들
칠오름 자연동굴 속 이야기는 흔적이 없다

* 칠오름 : 제주시 봉개동 칠오름
* 고냉이술 : 칠오름 밑을 고냉이술이라고 함
* 무자년 : 제주 4.3사건의 해

그러나, 아버지는

고향 집을 떠날 땐 군인으로 나선 걸음이 전쟁을 치루고 휴전이 되어도 못 가보는 고향땅 부상당한 몸으로 병상에서 울부짖으며 건져진 목숨이 휴전이란 쇠사슬로 옭아매어 목발로 다리를 대신한다 고향땅을 코앞에 두고 발걸음을 내딛지 못하는 서러움, 철조망 가시로 가슴을 후비니 그 목숨 어찌 연명할꼬, 아파서 뒷걸음 치고 눈물이 흘러 바다를 건너 멀리 도망치듯 내려간 끝자락 봉아름, 앞산 절물오름 산자락 조그만 오름처럼 자리하고 누우니 보인다 고향 땅이.

깨어진 그릇처럼, 세상은

넓은 창문가 무표정한 모습으로
때론,
붉은 홍조를 띤 얼굴로 바라본다

자동차는 기계의 특유한 냄새를 풍기며
일방통행을 하고
사람들은 각각의 모습으로 여전히
추우면 추운대로 더우면 더운 모습으로 바쁘게
혹은,
느리게 도시 속으로 흡수 된다

그러나,
장미꽃은 계절도 잃어버리고 꽃이 핀다
하늘은 어둡고 음침한 거리에서
낙엽이 굴러다니는 아스팔트 담장에 휘감겨
시시때때로 빨갛게 피어 있다

귀뚜라미

새벽공기 속에 널리 퍼지는 귀뚜라미 소리
귀가 먹먹해진다

문득 얘들은 쉬지도 않고
숨도 안 쉬나 하는 찰라 멈추었다
일정한 소리로 울어 댄다
그 자그마한 몸짓으로
작은 날개를 비벼 내는 소리가
온 세상을 깨우고 감동을 준다
하나가 모여 둘이 되고 흐트러짐 없는 하나의 소리로
새벽안개를 걷고 검은 구름도 걷어내고
위대한 탄생을 맛본다

잡스

"잡스" 하면
난 잡놈이란 단어가 떠오른다
정열적인 사랑과 속이 하얀 사과의 맛은
새콤달콤하다
아침에 먹으면 보약이고
저녁에 먹으면 독약인 애플이라는 브랜드명이
그 남자의 이름이다
혁신이란 단어와 혁명가라는 소리를 들으며
최고의 경영자이며 명언가
컴퓨터 기술자이고 황제다
그리고 번개같이 사라진 췌장암 환자였다
에디슨과 같은 길을 걷고 바라보며
돈방석을 깔고 앉아 갈고리로
황금빛 낙엽을 긁어모으듯
에디슨이라는 존재를 무시했다
떡잎이 자라 꽃을 피우고
그 꽃잎이 지기 전에 떠난 그 남자는
시인이 되었을 컴퓨터의 황제이다

2부 기다림의 봄은

내일

중년의 쇠락한 나이만큼 가슴은 삭막해짐을
문득 붉게 물든 황혼을 바라보는 눈 속의 이야기이다

뛰거나 흥분하거나 낯가림 없음이 체증을 일으킨다 하루의 일과는 무의미하고 건망증에 골다공증으로 축 처진 두 다리 때문이라고 치부하기엔 아직 남아 있는 검은 머리카락이 날 지탱 해주는 거라 안도하고 있다 치매가 아닌 치매 초기증상에 지난 시간은 살아 있고 요단강을 건너고 있을 것 같은 착각으로 또 하루를 기다린다.

하늘로 가는 차안에서

뿌연 안개 하늘 문이 열렸다
장엄한 산도 활주로도 흐릿해진 하늘도 밝은 빛만이 세상을 지배하듯 달리는 차창밖 가을 들녘엔 아낙네의 참바구니 막걸리 한 사발로 허리뼈에 깁스하고 뒤뚱거린다 고랑에 허수아비 팔랑개비는 안내 문자처럼 핸들 잡은 손 바빠진다 긴 터널을 지나 요란한 엔진 소리, 달리는 전방엔 외로운 이정표가 있다 하늘로 가는 직진도로 입구에.

무작정 달려가 보는 거다
속도는 상관하지 않는다 도로 끝이 보이는 하늘까지 구름 몇 점 목화솜 깃털처럼 이리저리 굴러다닌다 초록색 바탕에 흰색 글씨 네모 판은 가끔 틀릴 때도 있다 내비게이션도 함께 뺑뺑이를 돌린다 연료 게시판에 빨간 불이 들어온다 신호등도 빨간불이라 급정거를 한다 쏠리는 몸을 일으켜 세우면 하늘이 보인다 잊고 있던 것처럼 환한 웃음을 지어 보낸다.

바람이 전하는 소식은

체증은 시달린 시간만큼 구리다
욕지기 하고 쓸개가 뒤틀어도
바람에 떠도는 소문은
체증으로 남아 화병(火病)을 만들고 만다

오래전 잠시 옷깃이 스친 인연으로
만들어진 구접스런 냄새는
바람을 타고 스며들어
겨울 눈비에도 씻겨지지 않는다

불쑥불쑥 검은 비닐봉지 속 터져 나오듯
벅벅이는 소리로 멀미를 하고
물러서 서먹해진 공기로 숨을 쉴 수가 없다

햇볕이 따스한 봄날
오장육부를 빨랫줄에 매달아 놓으면
바람결에 봄 향기 전해주겠지

살아야하는 이유

다람쥐 쳇바퀴처럼 정지된 시간에 갇혀 하루의 굴레를 벗어버리기 위해 방황의 늪에서 허우적거린다 다가올 시간을 동경하며 보내버린 무상함이 몹시 처량한 슬픔으로 몸부림으로 찾아온 날들에 대한 답글은 없다 단숨에 뛰어오른 산 정상인 듯 헐떡거림에 묻어나는 아픔만이 기억되고 겹겹이 쌓여진 종이 위 깨알 같은 글자처럼 늘어선 시간만큼이나 많은 그리움 아직도 그 굴레를 벗어나지 못한 죗값으로 쇠 힘줄 마냥 질긴 숨 몰아쉬며 어기적어기적 씹어대는 밥알이 입천장에 가시가 되어 날 깨운다

눈은 내리고

난 집안에 갇혔다
내 안방까지 찾아온 눈 때문에
이부자리를 깔고

창문 너머 순백색의 세상은
뽀얗게 가지마다 꽃을 피우고
허물을 벗어 버린 것처럼 유혹한다

정갈하게 차림새를 하고
마중을 가리라 한 것은 생각일 뿐
블랙커피 잔에 스며든 세상은 쓰다

흔들의자에 폼나게 앉은 육신은
편안하지 못하고
사족(四足)은 빳빳하게 굳어가고 있다

이슬방울에 내려앉은 바람 소리는

밤사이 내린 이슬에
내려앉은 바람 소리
찾아든 여명은 어둠에 갇혀 꿈을 꾼다

돋을볕에 깨어난 영혼은
또로록 떨어진 햇무리
날파람이 되어
지나온 발자국에 낙엽은
흙과 함께 사라져 가고
내 육신에 흔적은
서릿바람에 흔들리며
창문 틈 사이를 넘보고 있다

거꾸로 가는 계단

한발 두발 오른다 햇살 따라
어젯밤 산자락에 묻혀 온 바짓가랑이
흔들바람이 쏘삭거려도
한 계단 두 계단
무겁게 느껴지는 정강이 살이 거추장스럽다
허리는 기역으로 구부러져 계단과 계단 사이
현기증으로
폐지를 줍던 새벽길에서 만난 할머니를 기억해낸다
몸을 기댄 유모차는
할머니와 비슷한 연배로 보인다
성격도 모양도 허름한 것이
주머니 무게가
기우뚱거리는 걸음마로 아기 걸음마로
검은 머리는 햇살을 받아 하얀빛으로
계단의 숫자와 허리의 각도는 반비례가 된다

병상일기 1

병원 창문으로 스며드는 바람이 상큼하다 오리털 파카를 입고 병원 문을 들어선 시간이 무색하게 환자복을 입으면 누구나 환자가 되어버리는 규칙에 따라 뛰어다니던 걸음이 거북이 걸음걸이를 한다 옆 침대의 환자 모습은 시간마다 카멜레온이 된다 젊은 처자가 들어왔는데 노인이 누워 큰 병원으로 실려 가고 환자복을 입은 환쟁이와 난 밤을 새웠다 멈춰버린 시곗바늘처럼 핏기 없는 얼굴로 팔뚝에 남은 주삿바늘 자국만이 시간을 알려준다 내일이란 시간은 좀처럼 흘러가지 않고 병실 침대는 오늘도 시끄럽다.

타인처럼 다가선 그대

그대는
타인처럼 다가와
독사의 혓바닥을 날름거리며
내 빈 가슴을 핥고
작은 불씨를 남겨 놓았다

불씨로 시작된 가슴팍
재가 되고
새로운 생명이 잉태하듯
살의 돋아옴을 느낄 때쯤
난 심장 박동 소리를 듣는다

포근하게 다가선 손길
한층 성숙해짐을 내가 아닌 타인이 돼서야
알 수 있음이
또 다른 그대의 잔잔한 말솜씨에
행으로 엮어지고 있음을 깨닫는다.

노래

나는 노래를 좋아한다
아니 노래 부르기를 좋아한다
배에 힘을 주고
목청껏 뱃속의 오장육부를 토해내듯
소리를 지르며
음표가 틀려도
음정, 박자가 틀려도 상관하지 않는다
기분이 좋아지고 흥겨워질 때까지 노래를 부른다
온 세상이 떠내려갈 때까지
멜로디가 바람이 될 때까지
소리가 힘이 될 때까지

담배꽁초

우린 누군가 기다리고 있었다
영하 날씨에
살 몸살을 하는 몸뚱이 비비며
추위를 잊기 위해 불 피운 담배
그 불빛에
담배연기 한 모금
추위를 털어내며
겨울밤 칼날 같은 공기 속으로
토해내는 연기의 따스함을 느끼며
동이 트는 햇살 속으로 버려진 담배꽁초들
그 꽁초들 버려야 할 시간들이다

해님은
이미 산 중턱을 넘어서고 있는 아침이니까

48시간 만에

딱 한 시간 잤다
구들장 지고 상념을 버리며 뒹굴기는 했지만
잠에 취해 하얀 머리 베갯잇에 닿으면
정신은 말똥말똥
구름 위를 걷듯 머릿속을 헤집고 다닌다
온몸은 늘어질 대로 늘어진
문어발처럼 흐느적거리고
세상은 반쪽만 보인다
머리와 입과 몸은
한 곳에 소속되어 있으면서도
각자 제각기 할 일이 많은 듯 움직이고
반쪽자리 인생의 뒷길
지금 가고 있는 길은 어디쯤일까
오랜만에 내리는 단비에 웃음도 팔았건만
역시 빈손이니 허탈한 웃음만 남아
빈손으로 들어선 안방의 보금자리
때 구정물이 줄줄
그래도 그 향기는 구수하다

공 치는 날

투정을 부리고 있다
대상도 없이 지랄병을 앓고 있다
입을 삐죽이 내밀고
기억 속의 서러움도 동참하여
헐떡거리며 삶이 슬퍼하고
가난에 찌든 때 구정물
줄줄 흐르는 옷자락 속에 숨겨놓고
거만과 교만으로
속이고 속으며 타인을 탓하며
지성인 척 가식이란 가면을 쓰고
기다리고 있다
감나무 밑에 쩍 벌리고 있는 내 모습이
굶주린 거지마냥 손 내밀고 서 있는 세상에
반항조차 하지 못한 채
시계추 마냥 출근을 한다
비앙거림으로 거부하고
손가락질을 당하면서도 눌러앉아
멍한 눈 뜨고 시간을 먹고 있다

망각으로 치부하고픈 날

나태해져 가는 육체의 몸놀림에 젖어 정신적 지주인 나를 잃어버린다. 잃어버린 것에 대한 후회, 노여움 수많은 공상으로 시작되는 불면증 시달릴수록 육체는 그 늪에 빠져 헤어나질 못하고 시들어가는 육신이라 생각하면서도 일어서질 못한다 맑은 고음의 기타소리를 그리워하면서도 짙게 깔리는 색소폰 소리의 슬픔에 젖어 한 편의 장편소설을 쓰고 애달픈 노랫소리를 연상하다 문득 찾아든 여명에 잠시 흔들릴 뿐 되풀이되는 망상 속으로 빠져들면 저녁놀에 서 있는 날 부둥켜 일으켜 본다

삶 속의 生은

삶이 生을 기억하고 길러내듯 흔적들은 넓은 호수가 맑은 햇살 빛 한숨 쉼에도 물 흐르듯 하루의 해는 저물고 더 많은 날을 간직하고픈 생각은 生 속에 갇혀 애절하게 몸부림쳐도 홍시 닮은 해는 솟아오르고 하늘조차 붉게 물들며 서쪽 하늘 끝자락으로 넘어간다 샘물이 말라버린 것처럼 녹슨 기계가 삭아 조각조각 여기저기 흩어지면 목마름으로 잠시 채워진 샘물 속 그림자 그녀 모습조차 흐트러져 스며든 달빛으로 들녘바람에 실려 보낸 사랑은 돌아오질 않고 바람꽃처럼 피어난 生은 삶 속에서 여울져만 간다.

넋두리

매일 쫓기는 시간은 나를 삼켜버리고 육신에 얽매이게 한다. 잠들지 못하는 고통은 즐거움을 축적하는 힘인가 난 그 행위를 즐기고 있다 눕기보단 봄날의 꽃구경을 한다 눈이 부시면 눈살을 찌푸리며 윤기 없는 피부는 까칠하여 더 늙어 보이고 초라해 보이는 얼굴 거울에 비추어 한숨짓고 부지런한 척, 착한 척, 그렇게 척하며 버티고 있다 욕심 많은 내가 버릴 수 있는 것은 하루의 시간 가끔은 조여오는 초조함에 일어선 잠자리 걱정에서 조바심으로 변해가는 병 걸린 것처럼 안절부절 아무런 힘도, 해결도 못 하면서 죽으면 흙이 될 육체인데 육신의 고통을 두려워하고 있다.

신작로 바람소리

그녀가 비웃기 시작했을 때부터 새로운 생명을 키우기 시작했다.

죽은 것처럼 보이던 고목 하나 맑은 하늘가로 이사도 시키고 장미꽃 향기와 박초바람을 들려주고 햇빛이 잘 드는 창가를 찾아 비가 오는 날 처마 밑 모퉁이 하얀 이불 홑청 널 듯 내어다 놓으며 신작로 한가운데 우뚝 푸른 그늘 속 울타리 만들어 붉은 노을 황혼이 닿은 삶과 같이

그녀의 강물처럼 흘러다니던 지친 몸 잠시 쉬어갈 쉼터에 웃음소리를 만들기 위해 고목은 싹을 틔울 것이다.

물리치료실에서

기억하고 싶은 것만 기억하고 잊고 싶은 건 기억하지 않는 자동저장 장치가 내 머리에 칩으로 저장되어 있는지 모르겠다 가슴을 뜨겁게 데워주던 시간이 기억되지 않고 얼음장으로 변하여 혈액순환 장애를 일으킨다 막혀버린 혈액은 뜨거워지는 가슴을 심장까지 배달하지 못한 채 시들어버린다 50대 서열에 줄을 서 버린 여자, 무기력한 갱년기 증상으로 남아 고통과 그리움만 남기고 물리치료실에서 하루의 시간을 낭비하며 뜨거운 팩의 기운을 받아 심장을 데워본다.

갱년기인가

얼굴은 후끈 달아 오른다
발바닥이 화끈거리고
따갑다

내장 내부에서 부터 올라오는
화기에
냉수만 벌컥벌컥 마셔댄다

식혀지지 않는 화기
깊이도 모르면서
창문을 활짝 열어 본다

찬 공기가 습한 냉기와
확
폭풍처럼 밀려오는
서늘한 가을 밤이다

얼음장 같은 내 발목

나른해진 육체
움직임조차 귀찮아져
게으른 모습에 길들어 지고 있다

어제의 앞산 푸른 숲도
황금빛으로 변한 모습도
가슴에 닿지 않는 날

욕구[慾求]조차 시들어져 간 자리엔
서늘함 만이 손끝 전율을 남긴다

손끝에서 가슴까지 오는데
그리 많은 시간이 필요하지 않는다

냉한 기운을 뿜어대는
얼음장 같은 내 발목에
심장의 이야기를 들려주고 있다

혈액순환

나이 먹은 여자의 발목은
얼음 덩어리가 뚝뚝 떨어진다고
뼈 속에서 찬바람이 나온다며
뜨끈한 아랫목을 찾아 찜질방으로 간다

바람 소리를 기억하는 소나무처럼
온기를 찾는 바삭거리는 낙엽마냥
쩔뚝거린다

내 딸이
엄마는 왜 그래
뭐가 춥다고
엄마 발은 왜 얼음장 같아 한다

기다림의 봄은

저것은 하늘이다
공기가 있고 바람과 구름이 있는
단순한 언어와 문자로 표현하는

저것은 땅이다
나무가 있고 흙이 있고
미세한 단어로는 표현할 수 없는

우주이다

흐릿한 기억이 살아 숨 쉰다
바람이 불던 내 나이 청춘일 때도
흥분으로 노여움을 삭히던 불혹에도

저곳은 하늘이다
저것은 땅이다

아주 작은 진리로 기억하고
별을 띄우고 모닥불을 피우는
그 즐거움으로
하루가 가고 내일이 온다

길어진 밤

두려워하지 마라. 내일 내가 사라진다 해도 오늘에 아픔의 두려움은 그냥 눈물일 뿐, 저기 울고 있는 바람 소리의 환영만이 존재하는 날이다 밤하늘이 검붉은 것은 별들이 술자리에 너부러진 이야기 일 뿐, 너의 낡은 의자의 다리가 길목에 흘린 별똥별이다 샛별이 뜨기까지의 잔재로 바람 소리는 연꽃잎 그림자로 사그라지고 장닭 울음소리로 별은 새벽하늘 속으로 서서히 사라지는 것이요 이 밤이 긴 것은 아직 별똥별이 찬란하기 때문이며 새벽하늘 아침은 붉게 물들 것이다

3부 자연의 이치

윤회(輪廻)

바람이 몹시 부는 밤이다 창문을 두드리고 문틈을 헤집고 악을 쓴다 아직은 가을밤인데, 은행나무의 노란 잎은 가지 위에 매달려 동동거리는데 까치는 감나무 위에서 운다 검은 아스팔트 거리엔 이리 쓸리고 저리 쏠리며 날아다니는 낙엽은 결정된 게 없다 할 수 있는 것이 없다 이미 나무를 떠난 밤이라 자동차들이 난무한 야밤에 순응할 뿐이다 찢어지고 부서지고 형태가 없는 나뭇잎이다 바람이 바람으로 부는 날 흙내음으로 향기로워질 것이다.

치자꽃

오일장 날
바람 따라
묻어나는 예쁜 향 따라
나무 한 그루를 샀다

자그마한 진녹색 이파리
잔가지 끝에 매달린 하얀 꽃잎
탐스럽고 소복한 것이 여인네 치맛자락 같아
가슴에 안고 와 화장대 거울 앞에 앉혔다

풍성해지는 방안의 밀담
여인네의 고운 속살을 여미 듯
겹겹이 쌓인 치마끈 자락을 풀어
하얀 꽃잎 펼쳐주니
노오란 꽃잎으로 서서히 익어간다

베란다 풍경

나의 베란다에 봄이 찾아왔다

웅크렸던 작은 새싹이
기지개를 켜듯 햇살이
얼마나 자랐을까
물 주전자를 들고 인사해보지만
고만한 싹 틔우므로
흔적이 없다
목마른 강아지 마냥
투정을 부려보지만
아지랑이처럼 보이지 않는다
봄이 왔다고 쫓겨난 요크셔테리어
낯설다고 짖어대고
내일을 기다리는 물 주전자는 물동이가 된다

바다가 좋다

하늘과 바다가 하나로 만들어 준 바람에
내 한숨을 보낼 수가 있어서

한겹 한겹 쌓이는 파도에 밀려드는 기억을
너울 속에 감출 수가 있어서

바위에 부딪히는 하얀 물거품이
바닷물에 섞여 잔잔한 물결로 다가온다는 것이

밀려온 파도에 먹히고 먹혀 몽글어진 몽돌이
세월의 흔적을 나눌 수가 있어

난 바다가 좋다

바보 물고기

내 뒤안길에 사는 용두암
여우비가 들려주는
노래 장단에 묻어나는 향기
밤바다에 묻혀버린 이야기들
그 겨울 물바람에
너울거리는 파도소리

밀려오는 너울에 갇힌
작은 물고기
바위 틈 웅덩이 속 生이 전부인 양
바람비에 발버둥치며 궁싯거린다

용두암 바위 틈 사이 흔적은
살갑게 햇발이 훔치고
바보 물고기
만조에 파도 속으로 숨는다

벌천포

숨어지내다 세상에 나온 오지리
인적이 없어 한적하고
대호방조제 길 따라 굽이굽이
산을 넘어 오지로 들어서면 조약돌 물소리가
쫘르르 쫘르르 쫘르르

방파제 길 건너
소나무밭 사이 둥근 달이 떠 있고
파도 소리 들리지 않은 조용한 밤바다
알 수 없는 소리가
음악처럼 생일 축가를 들려준다

가만히,
물소리도 들리고
기러기 소리도 들리는
나지막한 소리로 다가온 파도는
여인의 거친 손등을 씻어주며
밀려왔다 밀려가며
작은 소라를 손에 쥐여준다

밤바다 건너 어둠 속 불빛과
라스베이거스를 연상케 하는
화학단지의 문명의 손길에
어제를 잃어버리고
조금씩 슬금슬금 다가오는 파도에
삼켜지는 달 그림자
아침이면
저 파도는 왔던 곳으로 갈 것이다

* 벌천포: 화성시 대산읍 오지리 별천포

여행길

비가 누적 누적
창문 너머 안개 사르르
첫사랑이 그리워지는 가을 아침

자동차 창가에 빗물은
막 알에서 잠을 깬
올챙이 놀이터가 된다

들녘 저편 텅 빈 축사
앙상한 뼈대만 남긴 모습이
왠지 포근해 보인다

병풍처럼 둘러선 산기슭
가을걷이도 끝낸 논 자락
스멀스멀 스며드는 안개비가
그림을 그린다

먼 여행길

소소리 바람이 옷깃을 파고들어 눈발이 하나둘 날리던 날 먼-길을 떠났다 생의 마름질을 하기 위해 허기진 삶을 버겁게 지고 가는 생의 끝자락을 붙잡기 위해 검은 그루들이 즐비한 들을 지나 목탄으로 그려 놓은 듯한 산 위의 나무을 바라보며 힘겹게 돌아서 오던 길을 기억하고 아직은 온기로 뛰고 있는 비대해진 심장을 진찰하러 늙고 병들어 쭈그러진 젊은 여자의 넋두리에 묻혀 길고 긴-오래 살아버린 50살의 청춘이라 꽃샘바람에 쇼핑 빽 하나 가득 약을 샀다.

오랜만의 외출

초등학교 동문회 참석을 위해 전철을 탔다.

오래간만에 세상 사람들과의 만남
유난히 넓게 느껴지는 전철 창가
스쳐 지나가는 풍경 속에 마주하는
삶에 찌든 제각기 모습의 사람들

한 가닥의 빛마저
흐릿한 눈동자 뒤로 감추고
저 창가의 고심苦心을 흘려보내는 것인가
어디선가 들려오는 하모니카 소리에 섞여
애틋하고 슬프게 다가오고 있다

빌딩 숲 사이로 스며드는 전철
하나 둘 늘어가는 인파
새로운 삶을 혀끝으로 맛보고 있다.

오란비

하늘이 구멍이 났다
바람이
아마도 그랬을 것이다
황혼에 닿은 삶처럼
누비며
구천에 떠도는 영혼을 나르러
붉은 노을 사이를
흑과 백이 갈림길을 오고 가며
쉴 새 없이,
귓 속의 바람개비가 되어
소리가 강물이 되고 있다.

겨울 산이 울고 있다

아직
눈도 내리지 못한 찬바람에
겨울 냇가 물은 투명하게 정체되어
겨울나무를 품에 안고
들녘 어둠 그늘도 없이 달려온다

찾아온 찬 서리에 몸서리치며
갈대숲 사이 바람소리로
산새들도 다람쥐도 숨어버린
산에
앙상한 가지만 남긴 나무들이
서로 부둥켜안고 울고 있다

밤 안개

안개가 도시를 먹고 있다
먹잇감에 헐떡이는 하이에나처럼
늪지대에 갈수록 더 짙은 하얀 어둠 속
빛에 반사되어 오는 안개
눈물방울이 모여
연기처럼 여기저기 어둠 속으로 유혹한다
점선을 따라 길을 찾는 곡예놀이에
운전대 잡은 손의 땀으로 축축해져 오면
브레이크에 발을 올려놓는다
한 치 앞도 모르고 달리는 도로에서
어둠만이 날 반겨준다
해님아
어서 한걸음으로 밝아 어둠을 걷어다오.

새벽바람

창가엔
귀신이 부르는 목쉰 바람 소리
눈발이라도 내릴 것처럼
검붉은 하늘이 날름거린다

겨울잠을 잔 듯
부스스한 눈으로 훔쳐보아도
아직 동은 트지 않고
오랫동안 손때 묻혀 놓았던 일기처럼
서러운 손길로
늘 그랬던 것처럼
귀신에게 홀려 내려앉은 바람 소리에
붉어지는 새벽 하늘가 달이 지고 있다.

고통

암흑세계에 갇힌
작은새는
안간힘을 쓰며 날갯짓 해본다

자연의 이치

1.
한 그루의 나무에 열린 열매가
다른 것은
바람과 비와 햇빛 때문이다

2.
내 얼굴은 거울을 통해서만 볼 수 있다
그러나
남의 얼굴은 잘 보인다

3.
하늘이 파란 것은 오존층과 태양의 거리 때문이다

실타래 같은 하루

머릿속 헝클어진 실타래처럼 오류를 범한다
헛소리로
설익어 떫은 감 맛과 같이

굴곡이 심한 계곡을 넘나드는 넝쿨처럼
온몸을 휘감고
신작로 위를 헤맨다

내 목소리는 어디갔노

하늘을 향해서
목 놓아 소리를 질러본다
먹구름 따라

지평선을 향해서
목 놓아 소리를 질러본다
저녁놀 따라

가고 오는 길목에 서서
빈 가슴 내어놓고
돌아선 메아리를 기다리고 있다.

바다는

에메랄드빛 물결을 안겨주는 안식으로
파도의 물거품은 살갑게 흩어지며 다가선다
풍성한 나락의 잔재들을
바다의 이름으로 늘 펴주면서
어머니의 손끝으로 입맛을 돋우어주면
어느 무명 화가의 누드화가 되어버린 바다는
낯익은 모습으로
바닷바람 물 내음을 물씬 풍기며
굶주린 아귀의 식탐을 충족시켜준다
수평선 넓이만큼이나 깊은 심장을 펌프질하 듯
고깃배는 늘 만선이어야 하고
해녀의 뒤웅박은 늘 해산물로 가득 채워
들려 보내준다
산채만 한 쓰레기 더미를 등에 업고
기름통을 뒤집어써도
수만 년을 견디며
세월 속에 살아남았다는 걸 과시하듯
밀물이 밀려든 시간만큼
썰물이 흘러간 시간만큼.

추억(봉개국민학교)

제주시에서 중 산간 마을 입구
작은 오름 돌아서면
왕벚나무가 꽃비로 반겨준다

고깔모자 닮은 칠오름은
반쪽자리로 남아
풍금 소리로 흔적을 이야기 한다

운동장을 빙 둘러 앉은 나무 사이
가을 운동회가 열리고
세월의 목마름으로
아이스께기 장사꾼 목소리가 들린다

귤나무밭 웅덩이엔
가난의 배고픔을 웃음으로 채우며
작은 남자아이는 삽질을 한다

여름날 뙤약볕에
몽땅 연필 대신 낫을 휘두르고
고의규 선생 교육정신을 이어받아
쪽나무 교실 바닥
몽땅 양초를 바르고 미끄럼 타며
1936년 동보서당을 보존했다

나무그늘에 여자아이들 공기놀이
일제강점기를 지나 4 · 3사건의 풍금소리
해방의 노래, 조선역사의 노래
사라져버린 기억들이 삐쭉삐쭉 새싹 돋아
왕벚나무 그늘로 자라 난다

고집불통

고친다는 것은 내 옹고집을 순순히 말 잘 듣는 하루를 변화시키는 것이다 낯가림으로 욕설을 퍼부어도 참아 주며 저녁에 태양을 기다리는 것이다 화병으로 가슴이 타버려 열병에 걸리는 열대야, 여름밤 적당히 불어오는 찬바람을 기다리는 것이다.

가을 밤이다

무딘 가슴을 깨우고
어깨엔 날개를 달아 놓은 듯
목소리는 소프라노가 된 가을밤이다

잠시 보았던 길모퉁이 담쟁이
넋 놓고 불렀던 그리움
가슴에 담아 올 수 있다는 설렘으로
기다림에 지쳐가는 가을밤이다

손가락 펼쳐 세어보아도
기억나지 않는 가을 여행
벌써
이 밤을 돌아 황금 들녘을 가로질러
가을 산기슭 단풍나무 숲 사이로 가고 있다

까마귀의 전설

하늘이 가까운 동쪽 마을
까마귀는 동이 틀 무렵
까악까악 울었다

아침을 짓던 엄마는
부지깽이를 들고 하늘을 본다
육신을 떠나는 영혼을 마중하듯

검은 날갯짓에 담은 혼의 자국은
전설 속으로 묻히고
밝은 햇살에 비친 오족도
환한 웃음소리로 구름을 걷는다

* 구전에 의하면 아침 동이 틀 무렵 까마귀가 울면 마을 어른이 죽음을 알리는 울음소리라는 말이 있다.

저수지

물이 고여 연꽃이 피었다
물뱀이 살아 꿈틀거릴 것 같이

새벽안개 사르르 번지면
아침 햇살 기다림으로
연꽃은 춤을 춘다

어둠 속의 저수지는
연뿌리 펌프질로
맑은 아침 맞이로 밤을 보낸다

4부 열정

화려한 나들이

공원 정자에 앉아 바라보는 하늘, 신선이 된다 스르르 감기는 눈조차도 한가로이 보이는 허세가 저 새순이 파릇한 나뭇잎에 앉아 노는 바람보다 여기저기 빨갛게 핀 철쭉 사이 들풀조차 화려하니 바람이 불어와 내 열정을 훔치려고 흔들어 대는 모습도 시 한수 읊은 신선보다 못하다 저기 저 아저씨 악기 들고 오시더니 화려한 날의 축제를 연다

어떤 향기

그대는
빛바랜 편지지의 향이다
달빛 속에 가려진 안개이다
물방울을 모아 이름을 붙이고
기다림으로 블랙커피를 마신다

발광하던 역 광장에 홀로 깃대를 세우고
광란의 열기로 몰아놓던 여름 날
하늘의 열기와 땅의 입김에 그림자로 다가서는
울긋불긋 색동저고리처럼 산을 뒤덮고
찬란한 빛으로 피어 날 하얀 꽃이다

사립문 살포시 열어
하얀 향기 날리며 꽃을 피울 것이다

내 손은

퍼즐게임에 푹 빠져 짝을 맞추다 보면
목도 아프고 해 저무는 줄도 모른다
하나 둘 맞추어가는 흥정에
묻어나는 향기는
시궁창 냄새가 날 때도
사과 향이 묻어나는 바람이 불 때도
내 손은 늘 바쁘다
굴레 속으로 곤두박질쳐 버릴 것 같던 흥분도
잠시,
맞추었다는 흥분으로 숨을 헐떡거린다
시간이 흐를수록 두근거리는 머릿속을 휘감는 기억들
까치가 울어줄 아침의 기억이 줄줄 새어 나오고
기다림에 지쳐 탈진된 목소리는 늙어가고
하루를 소비하고도 겨우 한나절인 듯
내 손에 앉아 있는 퍼즐게임
기분 좋을 만큼 불어오는 바람 소리에
쉬지 않고 움직이는 손길
억새머리 흔드는 들바람이 찾아오면 게임은 끝이다.

아침밥 짓는 소리

어둠이 걷힌,
아직 소리조차 잠든 새벽에
똑똑 떨어지는 빗소리
정적을 깨우고 아침이 일어난다
먼동은 희미한 여명만 빗소리에 젖어들고
설친 잠자리,
아침밥 짓기로 부산을 떤다
새벽밥은 먹을 사람도 없으면서
막내는 봄 방학이라고
여유로움을 만끽하는 하루의 일과

맥없이 놓아버린 손놀림

그러나, 전기밥솥 방울 소리로 아침이 일어나고 해가 뜬다

나의 열쇠는

내겐 만능열쇠가 있다 이 세상 그 무엇이든 열수가 있는 갓난아기의 옮은 미소도 가져다주는 만능열쇠, 마음만 움직이면 동이 트는 햇살도, 오선지에 그려 넣을 수 없는 가을 석양볕도, 가득 채워주는 울다가도 웃을 수 있게 해주는 코미디언 닮은 만능열쇠, 소유했으면서도 무용지물(無用之物)일 때가 있다 가끔은 자물통 번호가 틀렸다며 가슴앓이 고통을 안겨주고 기분 좋은 듯 시시덕거리며 열어주질 않을 땐 밉다 시궁창에 던져버리고 싶을 때쯤 떠나가기 싫은 듯 찰칵하고 문을 열어 내 얼굴에 환한 미소를 안겨준다. 그런 널 난 품고 산다 아마도 천국의 문도 열어줄 것이다.

산책길

겨우내 깨어난 솔밭 오솔길, 변하지 않은 향기로 솔잎은 수많은 발걸음 소리에 놀라지도 부서지지도 않는다 무수한 사람들 발바닥에 느껴지는 폭신함으로 가벼운 발걸음으로 길들어가며 소나무 가지 사이 하늘빛에, 약수 한 모금에 깨끗이 씻어준다 파란 새순으로 봄을 알리고 솔향기는 온몸의 묵은 때 벗어버리고 붉은 햇살로 답하는 하늘, 봄바람에 설렘으로 소나무와 이별을 한다.

하얀 발자국

창가에 하얀 골목길이 생겼다
어제는 겨울비가 내렸는데
지우개가 된 도둑눈이
사뿐사뿐 먹고 있다

겨울바람은
어떤 색깔 발자국을 남길까
어떤 모양으로 만들까

바람에 쓸리는 눈 언덕은
마치 사하라 사막을 닮았다
아이와 어른이 공존하는 길
남겨지는 자국은
저마다 다른 모습으로
색깔로 만나고 이별을 한다

내 지워진 골목길에
하얀 발자국이 생겼다

상사화(想思花)

안개 낀 골목길 돌아서면
파란 대문 하나가 있다

환상의 나래위에
왕관을 쓴 왕비가
우산 속 설렘을 훔쳐본다

목이 길어 슬픈 짐승처럼
서성이다 만난 모습
놀란 가슴 반가움으로
하늘 향해 내민 얼굴

연한 홍자색 드레스를 입고
엷은 붉은색 왕관을 쓰고
한 송이 꽃으로 피어 있다.

사랑하고픈 날

봄날 같은 겨울 끝자락
벚나무 마른 나뭇가지
물을 먹고 있다
촉촉해지는 땅 기운
냇가의 살얼음
겨우내 흔적조차 아쉬운 듯

텅 빈 들녘은
지푸라기 뒹구는 한낮의 따사로움으로
맘껏 젖어보는 날
아지랑이,
그립지 않던 기억도
한 조각
흐르는 냇물의 이야기로
움트는 벚나무에게 말을 건넨다

여름날의 추억

동이 틀 무렵 현관문 사이로
오지마을 그 바닷가 파도가 보인다
환영처럼 사라져버리는 신기루같이
해가 떠오르는 하늘을 보며
가슴이 따뜻해짐을 느낀다

우리는 보이는 것만 믿는다
만나지 않아도 믿는다
그러나,
보이지 않으면 잊혀간다
밀려왔다 밀려가는 모래알처럼

쌓았다가 무너지는 지난밤 꿈은
아침이면 잊히고
풀어놓은 보따리는 먼지가 되어
족쇄가 되는 삶일지언정
아침밥을 짓는다

부부

하나가 아닌 또 다른 언어를 사용하는 우리를 가시버시
라 한다 눈빛으로 별을 보고 가슴으로 나무를 그린다
바람이 불면 잔가지를 흔들어 더위를 식히고 햇살이 뜨
거운 날은 우산을 준비 한다 어제의 시간에 머무를 땐
심장에서 심장사이의 연결 음으로 하나의 고리를 풀어
그 가슴에 남아 미소를 띠우며 이야기 한다

색소폰을 불던 남자

감미로운 색소폰 음률
들녘에 부는 바람 소리
세월에 묻어 서그러지다

한 잔 술의 취기,
놓아버린 기억들의 그림자로 남아 온몸을 태우며
악보도 없이 부는 연주곡은 애드리브로 채워지는 것일
까
배움이 없는 쌈질은 막싸움이 이기는 것일까

기억의 그 시절,
추억을 먹고 배부르다 하며 호탕하게 웃는 얼굴엔 굵은
주름살로 얼룩졌네.

목욕

1.
영상화면 가득 요염한 여배우가
폭포수 밑 물가에서 목욕하는 장면이 방영되고 있다

온몸을 시궁창에서 나온 사람처럼
수십 년 동안 한 번도 씻지 않은 몸뚱이 마냥
빡빡 문지르며 씻는 여배우의 얼굴
연민과 갈등으로 떠나야 할 안타까움을.

2.
머리에 새치가 돋아나면서
목욕을 자주하는 여자
오십견(五十肩)으로 차가워진 날이면
바람맞은 몸을 데우기 위해
좀 더 많은 시간을 탕 안에서 쉬고 있다
뼛속에 석회가루를 씻어내고
걸어 온 저녁 길바닥을 닦아내며
구만리 떠나야 할 발걸음 가벼우라고.

보고 싶다

생각의 한 페이지를 찾기 위해 책장을 뒤지다 손에 잡힌 차 2잔에 250원짜리 다방용 영수증과 노트 하나는 낯뜨거울 정도로 덜 성숙하고 초라한 단어로 읽기 힘들다 작은 언어들은 심장으로 들어와 그림을 그리다 멈춘 손으로 전화기 버튼을 누른다 가지 않은 신호, 안타까움으로 소식을 기다려본다 허나 그림은 미완성으로 끝나버리고 거울에 비친 새치를 바라보며 말을 잃었다 정체불명의 떨림으로 진실이 바탕이 되어 하얀 거짓말처럼 시간을 잊어버렸다

그녀는

보고 싶으면 언제나 볼 수 있는
거리에서 만날 수 있는
아직은 날 알아볼 수도 있을 여자이다

홀로 독방에 앉아
문 밖을 얼마나 바라보았을까

몸이 아파도 가슴이 슬퍼도
혼자 먹는 밥 한술이
눈물이 되었을 눈동자가 드리워
조금씩 기억을 지워가고 있는지 모른다

아직 사랑한다고 하지 못했는데
내 삶의 굴레에 갇혀
두려움에 서성거리다
내 방 안에 숨어 있다

땡감나무

외할머니댁 골목 어귀 땡감나무
어머니 손등 같은 등가죽을 하고
고개만 삐죽 내밀고 있겠지
주렁주렁 열린 땡감 따서
갈옷 입혀 담벼락에 널어놓고
울 엄마는 날 기다렸는데
노랗게 익어
땅으로 스며들었건만
춥다며 옷만 껴입고
시멘트 바닥을 헤매이고 있구나

생각 없이 사는 여자

밤이 낮이고
낮이 밤이 아닌 것을
뒤엉켜 살아가는 세상이
피부로 입으로 머리를 찾는다

바람이 부는 데로 휩쓸리고
햇볕이 내리쬐면 오므라들고
눈이 오면 투덜거리며
긴 그림자 따라 움직이는 것을,
공짜를 바라고 덤으로 살고 싶어 한다
녹녹히 않은 삶이
가을 이파리 언저리로 가리어
녹아내리고 있거늘
하얀 억새 머리 풀어헤치고
가늠도 못 하는 그런 날이 되어
어제 핀 꽃향기는 언덕을 넘어
바람꽃으로 피었다.

가끔 그리운 너를

문득
널 기억해본다

한 해가 저물어가고
마지막 남은 한 장의 달력
짜릿한 전율이 잊힌 날
뇌리에 쑤셔 넣은 파일 조각이
깨어지는 아픔으로 다가와
늦게 핀 국화꽃이 대답한다

그래! 아마 가을이었지
들국화 한 송이에 웃고
붉게 물든 감잎 바라보며
길어지는 그림자를 훔치던 날
텅 빈 새장 속처럼
덩그러니 놓인 이야기

살아 숨 쉼에 감사하다던
예쁜 아이가
투명한 미소를 담으며
아람처럼 다가선다

치매 그리고 어머니

소리 없는 바람 소리
설렘으로 다가서면
시계 초침 갈 길을 독촉한다

몇 잎 남지 않은 나뭇잎
방안 통수처럼 쪼그라진 할망구
기억 속 첫사랑 발자국에 머물러서일까
노인정 화투판에 열정을 뿜어내며 신소리를 한다

아직은 푸른 숲으로, 웃음으로
아기 볼처럼 포근한 햇살 닮은 아들 모습
그리움으로 가슴앓이로
잃어버린 세상에 잠겨 흥을 돋우고 있는지도 모른다

잊힌 기억들 살아있는 존재도 부패함도
화려한 나날, 쌈지 속으로 감추어 놓고
톡탁치고 앉아 피새질로 닦아세워
황금빛 들판에 무성한 알곡들 만큼씩 감추고 싶어 한다

가을바람

더운 햇살에 바삐
설레발치듯 걸어오던 모습이
아기 걸음마 뒤뚱뒤뚱
살갗에 닿은 간지러움이 곱다

산등성 허리 자락이 서벅거림도
가을 하늘 작은 솜사탕 구름도

그 하늘과
그 구름과
그 햇살과
바람 이야기를 나누고 있다

갈대머리 쪽 지어
동여매고
한가로이 마중하고 있다

열정

로봇 뇌 속에 입력이라도 해놓은 것처럼 시동이 걸리지 않는 자동차, 시간에 쫓기는 병 걸린 사람처럼 뛰었다 환갑을 넘기고서야 자음과 모음을 읽고 여자라는 이유로 가난하다는 이유로 보릿고개를 넘기고 장성한 자녀 모르를 쌈짓돈 감추러 튀어 오른 핏줄이 선명한 손등, 류머티즘 관절염으로 뒤틀어진 손가락 사이로 끼워진 몽땅 연필, 노트가 아깝다고 띄어쓰기 없이 빽빽이 적은 단어들, 팔순이 가까운 연세에 안짱다리를 지팡이에 의지하며 받아쓰기를 빨리 부른다고 "거 가만히 있어 봐" 몽땅 연필심에 침 바르며 한바탕 웃음을 만들어 주시며 "선생님 커피 잡수세요." 하며 건네주시는 허연 머리카락 교실을 향해서 무조건 뛰었다.

잃어버린 사랑

그리움을 잃어버렸다
바람에 흔들리는 꽃을 보아도
예쁘다 하던 말을

비 오는 날 우산을 쓰고
한없이 걷던 침묵도
눈물을 감추던 소녀를 잃어버렸다

입안에 혓바늘이 돋은 듯
가시 돋친 말을 쏟아내고
강물의 얼음장을 깨고 빙어를 꺼내는
그 강바람을 몰고 다닌다

강가의 얼음 같은 발목으로
봄바람을 기억하는 솔향기를 기다린다

단풍, 그를 닮고 싶다

참 곱구나
가을맞이하는 국화꽃보다
비를 맞고 바람에 팔다리 흔들거리며
더운 여름날 작은 새도 화들짝 놀랄 만큼

그래도 넌 곱구나
빨강, 노랑, 흐리지도 않고 선명하게
콘크리트 벽과 어우러져 가을이란 계절이
하늘은 더 높게 파란빛을 내려주고
바람은 멈춰 서서 기다려주니

곱다, 뽐낼 수 있어
어둠 속에서도 바라지 않는
그 빛깔이
가을비에 쌓이는 낙엽이라도 좋다

작품해설

조 성 연

박효찬의 詩집 「화려한 나들이」의 서정성과 미학성에 관한 소고

조 성 연 (평론가. 교육학박사)

시란 무엇일까. 이런 질문에 어떤 시인은 '시가 무엇이긴, 그냥 시지'라는 대답을 한다. 틀이 완벽한 시가 감흥이 없거나, 반대로 형식형태를 무시하고 시를 썼지만, 무엇인지 짜릿한 감흥을 더 준다면, 과연 양자 중에 어느 것을 더 좋은 시라고 해야 할까. 후자가 더 좋은 시라고 보게 된다. 네거티브의 시보다 포지티브의 시가 더 사람들에게 감흥과 감동을 준다. 따라서 그렇게 생각하고 보면, 대체적으로 아래와 같은 주제를 담은 시들을, 독자들은 좋아하지 않거나, 반대로 회피하는 경향이 있다.

- 보고서 혹은 설명서 같은 시
- 지나온 날의 신변잡기를 담은 시
- 연대기성으로 이어져서 의미전달에 치우친 시

- 응축되지 않고 동어반복, 동의반복이 있는 시
- 이미지가 조각처럼 오뚝하게 그려지지 않은 시
- 너무 자조적이거나 니힐리즘이 있는 시
- 아이러니나 카다르시스가 없거나 빈약한 시
- 두괄법 처리를 하고 있으면서 중언부언을 하고 있는 시
- 미괄법으로 말미에 결론을 주제와 관계없이 처리한 시
- 앞에서 결론을 내고 말미에 청유형으로 결론을 낸 시
- 아픔. 상흔. 상처를 주제로 하여 자기의 일기문 같은 시
- 바다. 강. 산하의 그리움, 애상을 주관적으로 담고 있는 시
- 부성애. 모성애의 지나친 편협성과 보편성을 잃고 있는 시

전제한 것들을 세심하게 살펴보면, 시 쓰기에서 틀이란 것이 별 것 아니라는 생각을 가지게 되지만, 그렇다고 형식형태를 배제하고, 시를 쓸 수도 없는 데 문제가 있다. 시는 음미하면서 맛을 느끼고 감흥을 받는다. 따라서 어떤 시가 사람들에게 사랑과 행복을 주고 희망을 준다면, 그것으로 족하다는 주장을 하게 된다.

박효찬의 시「사랑하고 싶은 날」은 겨울. 마른 나뭇가지. 살얼음. 한낮의 따사로움. 봄날 등의 소재를 사용하여, 유년시절에 있었던 동심의 세계를 이미지화하여, 젊은 날의 애상을 시심으로 하고 있다. 누구든지 시를 쓰면서 조각처럼 선명하게 이미지를 그리기가 쉽지 않은 점이 있다.

봄날 같은 겨울 끝자락
벚나무 마른 나뭇가지
물을 먹고 있다
촉촉해지는 땅 기운
냇가의 살얼음
겨우내 흔적조차 아쉬운 듯

텅 빈 들녘은
지푸라기 뒹구는 한낮의 따사로움으로
맘껏 젖어보는 날
아지랑이,
그립지 않던 기억도
한 조각
흐르는 냇물의 이야기로
움트는 벚나무에게 말을 건넨다

박효찬의 시 〈사랑하고픈 날〉

서정시는 서사시와 다르게 개인의 감정을 드러내서 쓴 시다. 어린 시절의 추억. 어머니. 뒷동산. 행복했던 날의 추억 같은 것을 소재로, 자기의 내면세계를 잔잔하게 드러내서 감흥을 주는 시다. 이러한 소재들로 조각된 서정시는 누구든지 동질성의 정서와 추억을 가지고 있기 때문에, 공감하면서 감흥에 빠지게 된다.

박효찬의 시「귀뚜라미」는 일상의 단조로운 희로애락의 잠에서, 일탈하여 깨어나는 아침의 정경情景을 담고 있다. 새벽. 찰라. 작은 날개. 하나의 소리. 위대한 탄생 등의 제재를 통하여 이미지화하였다. 사람들은 두 번 다시 오지 않는 어떤 상황의 순간을 아무렇지 않게 지나친다. 하지만 그것에 의미를 두고자 하는 추렴의 세계가 돋보인다.

새벽공기 속에 널리 퍼지는 귀뚜라미 소리
귀가 먹먹해진다

문득 얘들은 쉬지도 않고
숨도 안 쉬나 하는 찰라 멈추었다
일정한 소리로 울어 댄다
그 자그마한 몸짓으로
작은 날개를 비벼 내는 소리가 온 세상을 깨우고
감동을 준다
하나가 모여 둘이 되고 흐트러짐 없는 하나의 소리로
새벽안개를 걷고 검은 구름도 걷어내고
위대한 탄생을 맛본다

박효찬의 시〈귀뚜라미〉

시는 작가의 '응축'과 독자의 '음미'이다. 작가는 무엇을 어떻게 응축해서 형상화했을까. 독자는 수수께끼를 풀듯이 응축된 시를 음미한다. 초등학생의 시처럼 읽으면서 곧바로 쉽게 음미 되는 시는 재미가 없지만, 그렇다고 나쁜 시라고 볼 수는 없다. 양자 간에 공감대가 어떻게 형성하느냐에 따라서, 좋은 시가 되기도 하고, 그 반대가 되기도 한다. 좋은 시는 신사고의 미래 지향성이 담겨져 있어야 하고, 조각처럼 선명한 이미지를 그린 시이다.

박효찬의 산문시「하늘로 가는 차안에서」는 가을 들녘의 풍요와 여행의 즐거움을 서정적으로 담아내고 있다. 사용된 제재들은 안개. 활주로. 가을들녘. 허수아비. 이정표. 목화솜. 빨간불. 환한 웃음 등이다. 바다. 강. 산하의 그리움과 애상을 주관적으로 담고 있는 시는, 언제나 사람들을 포근하게 하여, 모두에게 포지티브의 행복감을 높여 준다.

> 뿌연 안개 하늘 문이 열렸다
> 장엄한 산도 활주로도 흐릿해진 하늘도 밝은 빛만이 세상을 지배하듯 달리는 차창밖 가을 들녘엔 아낙네의 참바구니 막걸리 한 사발로 허리뼈에 깁스하고 뒤뚱거린다 고랑에 허수아비 팔랑개비는 안내 문자처럼 핸들 잡은 손 바빠진다 긴 터널을 지나 요란한 엔진 소리, 달리는 전방엔 외

로운 이정표가 있다 하늘로 가는 직진도로 입구에.

무작정 달려가 보는 거다
속도는 상관하지 않는다 도로 끝이 보이는 하늘까지 구름 몇 점 목화솜 깃털처럼 이리저리 굴러다닌다 초록색 바탕에 흰색 글씨 네모 판은 가끔 틀릴 때도 있다 내비게이션도 함께 뺑뺑이를 돌린다 연료 게시판에 빨간 불이 들어온다 신호등도 빨간불이라 급정거를 한다 쏠리는 몸을 일으켜 세우면 하늘이 보인다 잊고 있던 것처럼 환한 웃음을 지어 보낸다.

박효찬의 시〈하늘로 가는 차 안에서〉

시 쓰기에서는 진실재眞實材만을 소재로 하지는 않는다. 본유관념을 거꾸로 보거나, 비틀어서 보려는 발상이 시 쓰기의 소재가 된다. 칸트의 비판철학은 지식이 정말로 지식이 되려면 반드시, 틀림없이, 언제나, 어디서나 옳아야 한다. 하지만 보편타당성을 가지고 있어야 할 그러한 것들이, 어떻게 늘 옳을 수 있느냐를 밝히려고 한 것에서부터 출발한다. 시간은 모든 것을 남겨두고 흘러가면서 역사를 만든다. 과거. 현재와 미래의 시간을 모두 알 수는 없지만, 추렴과 상상을 통해서 그것을 풀어내려고 한다. 하지만 어떤 시에서는 상상의 폭이 너무 크거나, 건너뛰기가 심하면, 오히려 음미의 진폭이나, 난해성이 커지면서, 이해하기가 어려운 단점을 가지게 된다.

박효찬의 시「화려한 나들이」는 정자. 하늘. 신선. 허세. 들풀. 열정. 화려한 날. 축제 등의 소재를 통하여, 자아에 대한 비약성을 애상으로 그려내고 있다. 아이러니가 강하면 이미지 그리기가 미약해질 수밖에 없는 단점이 생기지만, 이를 간과하지 않고 처리한 점이 돋보인다. 아래의 시는 비틀기가 심한 시이다.

> 공원 정자에 앉아 바라보는 하늘, 신선이 된다 스르르 감기는 눈조차도 한가로이 보이는 허세가 저 새순이 파 릇한 나뭇잎에 앉아 노는 바람보다 여기저기 빨갛게 핀 철쭉 사이 들풀조차 화려하니 바람이 불어와 내 열정을 훔치려고 흔들어 대는 모습도 시 한수 읊은 신선보다 못하다 저기 저 아저씨 악기 들고 오시더니 화려한 날의 축제를 연다
>
> 박효찬의 시〈화려한 나들이〉

공자는 삼백 편의 시詩를 읽으면, 모든 시가 시시해지지만, 그중에 한두 편의 시가 마음에 드는 것이 있다면, 그래도 그것은 나은 시'라고 말했다. 이 말처럼 사람들은 보잘것없는 시를 쓰고 자화자찬에 빠진다. 하지

만 어떤 시를 쓰고 자기 자신에게 도취하는 것은 자기의 눈높이가, 그정도 밖에 되지 못하기 때문이다. 초등학생이 시를 쓰고 그것이 잘 되었다고 생각을 하는 것은, 초등학생의 시각으로 시를 보기 때문이다. 하지만 혜안을 가진 자가 선각의 눈으로, 그 시를 음미해 보면 보잘 것 없다는 것을 알게 된다. 그 이유는 각자의 눈높이가 다르기 때문이다. 그래서 남의 시를 함부로 평하지도 못하지만, 그렇다고 해서 좋은 시라고 말하지도 못하는 이유가 여기에 있다. 시는 '응축'과 '음미'의 뜻을 담고 있다. 작자는 '응축의 세계'를 그려내고, 독자는 그 시를 '음미'하면서, 수수께끼를 풀듯이 풀면서 공감대를 형성한다. 하지만 어설픈 시는 읽으면서, 그냥 모든 내용이 드러나고 음미하는 재미가 없다. 시를 읽는 독자에게 사색의 여유를 주고, 미처 몰랐던 미지의 세계를 풀어내는 즐거움을 주는 시가 좋은 시가 된다.

박효찬의 시「잃어버린 사랑」은 음미의 진폭이 약하지만, 순수성이 담긴 시이다. 한 바가지의 물을 마시면 갈증을 해소하는 것 같은 시가 좋은 시라고 말한다. 응축성이 높고 음미의 진폭이 높으면 난해한 시가 된다. 다시 말해서 시가 너무 한눈에 들어오면 시시하게 보이고, 읽어도 무엇인지 의미를 알지 못하게 되면, 반대로 난해한 시가 된다. 따라서 일정 선을 지키는 일이 시 쓰기의 전제가 된다. 그리움. 비오는 날. 소녀. 얼음장. 강바람. 솔향기 등의 소재를 대비 시키면서, 상관 관계를 높이고, 유년시절의 추억을 담담하게, 서정적으로 담아내고 있는 점이 돋보인다.

그리움을 잃어버렸다
바람에 흔들리는 꽃을 보아도
예쁘다 하던 말을

비 오는 날 우산을 쓰고
한없이 걷던 침묵도
눈물을 감추던 소녀를 잃어버렸다

입안에 혓바늘이 돋은 듯
가시 돋친 말을 쏟아내고
강물의 얼음장을 깨고 빙어를 꺼내는
그 강바람을 몰고 다닌다

강가의 얼음 같은 발목으로
봄바람을 기억하는 솔향기를 기다린다

박효찬의 시〈잃어버린 사랑〉

좋은 시가 무엇인지를 사람들에게 물으면, 순한 샘물

같은 시가 좋은 시라고 말한다. 박효찬의 시집 〈화려한 나들이〉는 우리에게 무엇을 주려고 하는 걸까. 단순히 세월이 가고 인생도 시든다는 것에 의미를 두었다면, 너무 단조로운 시가 된다. 작가는 그 음미의 진폭을 더 폭넓게 두고 있다. 하지만 늘 작자와 독자 사이에는 괴리감이 생긴다. 그 이유는 추렴과 상상의 세계가 다르기 때문이다. 따라서 필연적으로 독자는 그 의미를 유추해 보기가 쉽지 않은 점이 생긴다. 작가와 독자의 우주관. 세계관. 사상관의 차이가 있기 때문이다.

인간은 왜 사는가. 무엇을 위해서 존재하고, 왜 죽어야 하는가는 철학적 명제가 된다. 이러한 명제처럼 사고의 높낮이나, 주제의 범위가 너무 크고 넓으면, 독자들이 이해하기가 어려운 시가 된다. 다시 말해서 시를 쓰면서 철학적 명제를 주제로 하거나. 논문 쓰기에서 요구되는 논리성을 추구한다면, 이미 그것은 작시의 범위를 벗어난 것이 된다. 하지만 작가는 시를 쓰면서 추렴과 상상의 사고를 추구한다. 심지어는 공상, 망상, 허상까지를 유추하고, 사이버 세계를 만들어 내기도 한다. 그렇다면 시 쓰기는 어디까지를 전제로 할 때, 적정선을 지키는 일이 될까. 이것이 씨 쓰기의 전제가 되고, 박이정博而精의 깊은 신사고가, 좋은 시를 쓰는데 밑바탕이 된다. 박효찬의 시집 〈화려한 나들이〉는 전술한 것처럼, 여러 양식양태의 시들을 접하게 되면서, 작시성과 시 쓰기의 재미를, 독자들에게 폭넓게 보여 주고 있다.

조성연

평론가. 교육학박사. 문예창작지도교수. 전.중앙교육원장.

저서

《시인은 시에 미쳐야 한다》 (국학자료원)
《시는 사랑을 노래한다》 (국학자료원)
《소설쓰기 이론과 실제》 (국학자료원)
《문학과 창작의 실제》 (어문학사)
《행복한 책읽기와 수필쓰기》 (한올문학사)
《논술 쓰기와 문학의 이해》 (북 랜드)
《수필 쓰기의 이론과 실제》 (국학자료원)
《무서운 새는 울지 않는다》 (북랜드)영문시집
《나비야 청산가자》 (등대지기)영문시집

작가의 말

사람의 살아가는 동안 누구나 그렇듯이 슬픔이 지나간 자리엔 웃음이 찾아오고 기쁨이 지나간 자리엔 아픔이 찾아옵니다. 저 역시 다르지 않았습니다.

누구나 내가 살아온 발자국이 더 선명하기를 바라겠지만, 그 발자국 색깔은 가지각색일 것입니다.

단지 오늘 하루를 열심히 살자. 누구 신발이 깨끗하고 더러운지 보지도 듣지도 말자. 내 걸음으로 가다 보면 진흙탕도 있을 것이고 볕이 좋은 가을날도 만날 것이며 따뜻한 안방에서 쉬는 날도 있겠지 생각하며 부지런히 걷다 보니 50대 중반을 넘어서고 환갑을 바라보는 나이가 되었습니다.

이용오 시인은 설탕은 달고 소금은 짜다는 것을 먹어 본 자만이 그 깊은 맛을 알 수가 있다고 했습니다. 시도 마찬가지라 생각합니다. 시는 지식이나 연구가 아닌 실제 오늘 우리가 사는 지금 내 삶의 경험입니다.

내 몸이 보고 느낀 것을 이야기를 하지요.

조금은 부끄럽고,

조금은 아파하고,

조금은 사랑하면서

화려한 나들이를 하고 있지 않습니까?

그래서 제목이 [화려한 나들이]가 되었고 여기에 실린 글 하나마다 사연이 있고 내가 살아온 흔적이고 희망입니다. 누구나 세상에 왔다가는 흔적은 화려하고 아름답게 남기고 싶은 것입니다. 또한, 그냥 어떤 사건의 있지 않으면 저는 글을 쓴 적이 별로 없습니다. 어떤 일이 내게 영향을 주었을 때 쓴 글이 시가 되었지요.

그래서 화려한 일기장이랍니다. 부끄럽습니다.

소소한 한 여자의 개인사가 책으로 엮어져 세상에 내놓는 일이 많이 부끄럽습니다.

그러나, 용기를 내었습니다. 여자의 삶이 나만의 삶이 아니라는 걸 알았습니다. 우리 모든 여성이 음지와 양지의 양면성에 흔들리고 밤길을 걸어가는 고통을 맛보아야 하는 여자의 길이기 때문입니다.

이 책이 나오기까지 용기와 도움을 주신 분들께 진심으로 감사드리며, 특히 문학 활동을 할 수 있도록 도와주는 가족에게 고맙다는 말을 전하고 싶습니다.

고맙습니다.

2016년 10월 22일 박효찬

화려한 나들이

박효찬 시집

2016년 10월 10일 인쇄
2016년 10월 22일 발행
지은이 박효찬

펴낸이 한민규
펴낸곳 우리동네사람들
등록번호 제 2000-000002 호
주소 경기도 오산시 성호대로 89번길, 206호
전화 1577-5433
팩스 031-376-1767
메일 woori1577@hanmail.net
홈페이지 woori1577.com

ISBN 979-11-958623-1-3

「이 도서의 국립중앙도서관 출판예정도서목록(CIP)은 서지정보유통지원시스템 홈페이지(http://seoji.nl.go.kr)와 국가자료공동목록시스템(http://www.nl.go.kr/kolisnet)에서 이용하실 수 있습니다.(CIP제어번호: CIP2016024285)」